Maja von Vogel

Die 4b auf Klassenfahrt

Maja von Vogel wurde 1973 geboren und wuchs im Emsland auf. Sie studierte Deutsch und Französisch, lebte ein Jahr in Paris und arbeitete als Lektorin in einem Kinderbuchverlag. Heute lebt Maja von Vogel als Autorin und Übersetzerin in Göttingen.

Edda Skibbe, 1965 in Hamburg geboren, studierte an der Fachhochschule Hamburg Illustration. 1994 gründete sie mit acht anderen Illustratorinnen und Illustratoren das »atelier 9«. Heute lebt und arbeitet Edda Skibbe in Kiel, wo sie das Kieler »atelier 9« gründete. Unter anderem wurde Edda Skibbe mit dem UNICEF-Preis als eine der »Illustratorinnen des Jahres 1993« ausgezeichnet.

Maja von Vogel

Die 4b auf Klassenfahrt

Illustrationen von Edda Skibbe

Klopp · Hamburg

Von Maja von Vogel sind in der Reihe *Leseratten* erschienen:

Chaos in der 4b
Die 4b auf Klassenfahrt

Einband und farbige Illustrationen von Edda Skibbe
Satz: UMP GmbH, Hamburg
Reproduktion: Die Litho, Hamburg
Druck und Bindung: Offizin Andersen Nexö, Leipzig
Printed in Germany 2005
ISBN 3-7817-2422-0

www.klopp.biz

Inhalt

1. Kapitel
Der heilige Schwur 7
2. Kapitel
Verknallt?! 20
3. Kapitel
Strandräuber, Piraten und eine Flaschenpost 28
4. Kapitel
Ein Paul für zwei 40
5. Kapitel
Die Schatzkarte wird entziffert 50
6. Kapitel
Nachts am Strand 58
7. Kapitel
Achtung, Liebesbriefe! 69
8. Kapitel
Rache ist süß 76

1. Kapitel
Der heilige Schwur

»Ich will aber nicht, dass du wegfäh-hä-härst!«, heult Ben mitten auf dem Bahnsteig. »Kannst du nicht hier bleiben?«

Anne schluckt. Normalerweise findet sie ihren kleinen Bruder ziemlich nervig. Ständig hängt er wie eine Klette an ihr und will überall mitmachen. Und sobald sie ihn auch nur ein klitzekleines bisschen schubst, damit er endlich aus ihrem Zimmer verschwindet, fängt er sofort an zu heulen und verpetzt sie bei Mama.

Aber jetzt kommen Anne selbst fast die Tränen, als sie in Bens verweintes Gesicht sieht. Seine Lippen zittern und er schluchzt herzzerreißend. Aus seiner Nase läuft literweise Schnodder. Igitt! Das sieht allerdings echt ekelhaft aus. Anne, die Ben eigentlich gerade tröstend den Arm um die Schultern legen wollte, überlegt es sich im letzten Moment anders und macht sicherheitshalber einen Schritt nach hinten.

»Ich bin doch am Freitag schon wieder da«, sagt sie und versucht dabei, wie die vernünftige ältere Schwester zu klingen. »Das sind nur fünf Tage und die gehen bestimmt ganz schnell rum. Hier, ich hab was für dich.« Sie wühlt in ihrer Jackentasche und holt ein paar Lakritzschnecken hervor. Anne liebt Lakritz über alles. Für die Klassenfahrt hat sie sich extra einen kleinen Vorrat eingepackt. »Eins, zwei, drei, vier, fünf Lakritzschnecken. Für jeden Tag eine. Und wenn du die letzte gegessen hast, bin ich schon wieder da.«

Sie drückt Ben die Lakritzschnecken in die Hand.

»Danke«, murmelt er und zieht die Nase hoch. Wenigstens hat er jetzt aufgehört zu heulen. »Kann ich auch alle auf einmal essen?«

»Nein«, sagt Mama, die gerade aus dem Bahnhofskiosk kommt und schnell noch eine Flasche Orangensaft in Annes Rucksack stopft. Dabei ist der doch schon randvoll mit Proviant! »Von zu viel Lakritz wird dir nur schlecht. Hast du die Brötchen eingepackt, Anne? Und den Erdbeerjogurt? Und hast du den Löffel auch nicht vergessen?«

»Ja – ja – nein«, sagt Anne und verdreht die Augen. »Ich werd schon nicht verhungern, Mama. Schließlich fahren wir nicht an den Nordpol, sondern bloß nach Sylt.«

»Da kann es im Oktober aber auch ganz schön kalt werden«, sagt Mama und macht ein besorgtes Gesicht. »Hast du deinen Schal eingepackt? Und die Strickmütze? Dein Regenzeug?«

»Mama!!!«

»Schon gut, ich sag nichts mehr«, murmelt Mama etwas beleidigt und holt ein Taschentuch hervor, um Ben den Schnodder aus dem Gesicht zu wischen.

Bevor sie doch noch etwas sagen kann, fährt zum Glück der Zug nach Hamburg ein und allgemeine Hektik bricht aus.

»Beeilt euch ein bisschen beim Einsteigen!«, ruft Frau Schulte, Annes Klassenlehrerin. »Der Zug hält hier nur drei Minuten. Wir haben in Wagen vier und fünf unsere reservierten Plätze.«

Da Bens Gesicht jetzt wieder schnodderfrei ist, umarmt Anne ihn nun doch noch kurz. »Tschüss, Ben. Bis Freitag. Und wehe, du wühlst in meinem Zimmer rum, während ich weg bin!«

»Bringst du mir was mit?«, fragt Ben.

»Mal sehen«, meint Anne. »Wenn du ganz brav bist, vielleicht.«

Mama nimmt Anne in die Arme und drückt sie ganz fest. »Tschüss, mein Schatz. Ich wünsch dir eine wunderschöne Woche. Und vergiss nicht anzurufen, wenn ihr da seid. Hast du das Handy dabei?«

»Jaha«, sagt Anne.

Ihre Stimme klingt etwas wackelig. Sie ist noch nie ohne Mama, Papa und Ben weggefahren. Die ganze Zeit hat sie sich so auf die Klassenfahrt gefreut, aber jetzt hat sie plötzlich einen dicken Kloß im Hals. Doch zum Glück fährt sie ja nicht alleine nach Sylt, sondern mit Frau Schulte, Maria, Carola, Tarek und den ganzen anderen aus der 4b. Und natürlich mit Britt, ihrer besten Freundin. Aber wo steckt Britt eigentlich?

»Britt ist noch gar nicht da«, sagt Anne und sieht sich suchend um. »Hoffentlich hat sie nicht mal wieder verpennt. Nachher verpasst sie noch den Zug.«

Das würde Britt allerdings ähnlich sehen, sie kommt nämlich ständig zu spät.

»Steig schon mal ein, Britt kommt bestimmt gleich«, sagt Mama und hilft Anne dabei, ihren Koffer in den Zug zu wuchten.

Und tatsächlich: Gerade als der Schaffner in seine Trillerpfeife bläst, rast Britt mit wehenden Locken über den Bahnsteig. Hinter ihr rennt ihre Mutter mit einer großen Reisetasche.

»Halt, nicht losfahren!«, schreit Britt und fuchtelt mit den Armen in der Luft herum. »Ich will auch noch mit!«

Sie springt in den Zug. Ihre Mutter kann gerade noch die Reisetasche hinterherwerfen und Britt einen schnellen Abschiedskuss geben, dann gehen auch schon die Türen zu und der Zug setzt sich langsam in Bewegung.

»Mann … das … war … knapp!«, keucht Britt, während Anne Mama und Ben zuwinkt, die auf dem Bahnsteig immer kleiner werden. »Wir haben total verpennt. Und dann musste ich auch noch packen, weil ich das gestern Abend nicht mehr geschafft hab. Außerdem hat Lea, die dumme Kuh, sich ausgerechnet heute früh ihre Haare gefärbt und stun-den-lang das Bad blockiert. Ich musste fast die Badezimmertür einschlagen, bevor sie mich endlich reingelassen hat. So ein Stress am frühen Morgen, ich bin total fertig.«

Anne grinst und gibt Britt eine Lakritzschnecke. »Hier, zur Beruhigung.« Dann steckt sie sich selbst auch eine in den Mund und nuschelt: »Sei doch froh, jetzt hast du fünf Tage Ruhe vor deiner Schwester. Ich hatte schon Angst, dass du den Zug verpasst. Komm, wir suchen uns erst mal einen Platz.«

Anne und Britt schleppen ihr Gepäck in Wagen Nummer vier, wo sich schon andere Schüler der 4b häuslich eingerichtet haben. Die drei T Tarek, Tim und Thorsten haben sich an einem der Tische breit gemacht, spielen mit Olaf Karten und machen dabei einen Höllenlärm. Olaf heißt eigentlich Herr Dengel und macht gerade ein Praktikum an ihrer Schule. Er will später auch Lehrer werden und übt deshalb jetzt schon mal ein bisschen.

»He, Britt! Hier sind noch Plätze frei!«, ruft Carola vom anderen Ende des Wagens und winkt wie eine Verrückte.

»Klasse, wir kommen!«, ruft Britt zurück und stürmt sofort los. Natürlich ohne Anne vorher zu fragen, ob sie überhaupt Lust hat, bei Carola zu sitzen.

Anne geht langsam hinterher. Carola geht ihr manchmal ganz schön auf die Nerven. Ständig scharwenzelt sie um Britt herum, quatscht wie ein Wasserfall und lacht wie eine Hyäne. Blöderweise spielt sie auch Fußball, genau wie Britt, sodass die beiden sich manchmal stundenlang über die Leute in ihrem Verein unterhalten – und das findet Anne nun wirklich zum Gähnen langweilig.

»Schau mal, wir haben auch einen Tisch«, sagt Britt zu Anne und lässt sich gegenüber von Carola auf einen Sitz fallen. »Klasse, oder?«

»Ja, klasse«, murmelt Anne ohne große Begeisterung und setzt sich neben Britt.

»Den hab ich extra für euch freigehalten!« Carola

sieht so stolz aus, als wäre sie gerade zur Fußballerin des Jahres gewählt worden.

»Super«, sagt Anne lahm und beobachtet, wie Natascha und Sabine den Gang entlangkommen und neben dem Tisch der drei T stehen bleiben.

Eine Weile schauen sie den Jungs beim Kartenspielen zu, dann flötet Natascha: »Klasse, Olaf, du hast ja schon wieder gewonnen. Kannst du mir und Sabine nicht auch mal beibringen, wie man Doppelkopf spielt?«

»Pah!«, ruft Tarek, der mal wieder seine große Klappe nicht halten kann. »Vergiss es. Weiber können nicht Doppelkopf spielen, dafür sind sie viel zu blöd! Außerdem hat Olaf jetzt keine Zeit, er spielt nämlich gerade mit *uns*, klar?«

»Wer hat dich denn gefragt, du Zwerg?«, zischt Natascha. »Mit dir rede ich doch überhaupt nicht!«

Tarek ist wirklich ziemlich klein und er kann es überhaupt nicht leiden, wenn ihn jemand »Zwerg« nennt. Aber bevor er aufspringen und sich auf Natascha stürzen kann, sagt Olaf: »Keine Panik, Leute, hier kommt keiner zu kurz. Ich spiel jetzt erst noch ein paar Runden mit den Jungs und dann komm ich zu euch rüber und bring euch Doppelkopf bei, okay?«

»Prima, dann bis gleich«, zwitschert Natascha und schenkt Olaf ein strahlendes Lächeln. Tarek würdigt sie keines Blickes mehr.

Britt grinst und flüstert Anne und Carola zu: »Mannomann, ist das peinlich, wie Natascha und Sabine Olaf anhimmeln!«

Anne nickt. Die beiden benehmen sich wirklich oberpeinlich. Eigentlich waren sie bisher immer in Herrn Ebert, den Hausmeister, verknallt, aber seit Olaf sein Praktikum an ihrer Schule angefangen hat, weichen sie ihm nicht mehr von der Seite.

»Ich werde niemals irgendeinen Jungen anhimmeln«, sagt Britt. »Dafür finde ich Jungs viel zu blöd.«

»Ich auch«, stimmt Carola natürlich sofort zu. »Und du, Anne?«

Eigentlich hat Anne überhaupt keine Lust, derselben Meinung wie Carola zu sein. Aber in diesem Moment lässt Tarek einen lauten Furz los und es fängt im ganzen Wagen fürchterlich an zu stinken.

»Stinkbombenalarm!«, ruft Thorsten.

Tim greift sich an den Hals und verdreht die Augen. »Hilfe! Ich kriege keine Luft mehr! Ich sterbe!«

Carola, Anne und Britt halten sich schnell die Nasen zu.

»Mann, ist das widerlich«, sagt Britt. »Könnt ihr euch vorstellen, dass ihr euch mal in einen der drei T verknallt?«

Anne zieht eine Grimasse. »Igitt. Wenn ich nur daran denke, wird mir schon schlecht.«

»Ich hab eine Idee«, sagt Britt und zieht ein Heft aus ihrem Rucksack, auf dem lauter Glitzerherzen kleben.

Das ist Anne und Britts Freundschaftsheft. Da schreiben sie Sachen rein, die sonst niemand lesen darf. Zum Beispiel, wen sie aus der Klasse mögen und wen nicht oder was sie später mal werden wollen.

Und wenn sie während des Unterrichts etwas Dringendes besprechen müssen, schreiben sie manchmal auch kurze Nachrichten hinein.

Jetzt kritzelt Britt wie eine Verrückte in dem Heft herum, schiebt es zu Anne hinüber, drückt ihr einen Stift in die Hand und sagt: »Hier, du musst nur noch unterschreiben.«

Anne nimmt das Heft und liest:

Hiermit schwören wir feierlich, dass wir niemals, auf gar keinen Fall und unter gar keinen Umständen irgendeinen Jungen anhimmeln oder uns in irgendeinen Jungen verknallen werden.
Denn Jungs sind widerliche Furz-Schweine und außerdem strohdoof.
Dies ist ein HEILIGER Schwur, der NIEMALS gebrochen werden darf!

Anne kichert, während sie neben Britts krakeliger Unterschrift ebenfalls unterschreibt. Dann schnappt sich Britt das Heft wieder – und gibt es tatsächlich an Carola weiter! Dabei steht doch vorne eindeutig drauf:

Freundschaftsheft von Britt und Anne
Achtung: Streng geheim!!!

»Spinnst du?«, zischt Anne, während Carola ebenfalls ihre Unterschrift unter den heiligen Schwur setzt. »Das ist doch *unser* Freundschaftsheft!«

»Jetzt stell dich nicht so an!«, zischt Britt zurück. »Carola liest ja schließlich nicht, was sonst noch drinsteht.«

»Was ist mit mir?«, fragt Carola neugierig und gibt Britt das Heft zurück.

»Ach, nichts«, sagt Britt schnell. »So, das wäre erledigt. Ich find's toll, dass wir drei niemals einen Jun-

gen anhimmeln werden. Auf eine Freundin, die sich ständig verknallt, kann ich nämlich echt verzichten. So, und jetzt stoßen wir auf unseren Schwur an!«

Britt reicht Anne eine Coladose. Anne zögert, aber dann nimmt sie doch einen kleinen Schluck. Dabei ist ihr eigentlich gar nicht so richtig nach Feiern zumute.

2. Kapitel

Verknallt?!

Als die 4b endlich in der Jugendherberge ankommt, ist schon fast Abendbrotszeit.

»Bringt schnell eure Koffer in die Zimmer, danach gehen wir zusammen zum Speisesaal!«, ruft Frau Schulte.

»So ein Mist, dass wir uns ein Zimmer mit Natascha und Sabine teilen müssen«, schimpft Britt. »Auf die beiden Lästertanten hab ich überhaupt keine Lust. Na ja, wenigstens ist Carola auch noch bei uns.«

»Und Maria«, fügt Anne hinzu.

Maria ist so still, dass man sie leicht vergisst. Aber Anne findet sie trotzdem nett. Auf jeden Fall netter als diese nervige Carola.

In ihrem Zimmer stehen drei Etagenbetten und zwei Schränke. Außerdem gibt es noch ein kleines Waschbecken an der einen Wand und einen Tisch mit drei Stühlen an der anderen. Anne und Britt reservieren sich schnell das Bett am Fenster.

»Ist doch ganz nett hier«, sagt Anne. »Und Etagenbetten fand ich schon immer klasse.«

»Ich auch«, sagt Britt. »Aber jetzt muss ich unbedingt was essen. Ich hab einen Riesenhunger!«

Als sie über den Hof zum Speisesaal laufen, bläst ihnen ein frischer Wind ins Gesicht. Hinter der Jugendherberge ragen hohe Dünen auf.

»Schmeckt nach Salz«, sagt Anne und leckt sich über die Lippen.

»Hinter den Dünen liegt gleich das Meer«, sagt Frau Schulte. »Es gibt einen kleinen Pfad, der von der Jugendherberge direkt an den Strand führt. Aber das werden wir morgen noch alles erkunden.«

Im Speisesaal ist es hell und warm. Die Tische sind schon gedeckt und es riecht nach Essen.

»Iiiih, Leber!«, kreischt Sabine, als sie den Deckel von der Servierplatte nimmt. »Das esse ich nicht! Ich mag keine Leber!«

»Ich schon«, sagt Anne und nimmt sich ein extragroßes Stück. Dann klatscht sie noch eine ordentliche Portion Kartoffelbrei auf ihren Teller und verteilt obendrauf jede Menge gebratene Zwiebeln.

Am Nachbartisch bewerfen sich die drei T gerade gegenseitig mit Kartoffelbrei und Olaf hat alle Hände voll zu tun, um eine allgemeine Essensschlacht zu verhindern.

»Armer Olaf«, sagt Natascha. »Mit den drei Spinnern hat er nichts als Ärger.«

»Wir können ihm ja sagen, dass er sich morgen an unseren Tisch setzen soll«, sagt Sabine und wirft Olaf einen sehnsüchtigen Blick zu.

»Hier ist doch gar kein Platz mehr frei«, nuschelt Britt mit vollem Mund.

Natascha macht ein wütendes Gesicht. »Na und? Dann rücken wir eben ein bisschen zusammen.«

Anne und Britt sehen sich an und verdrehen die Augen.

Nach dem Essen ruft Frau Schulte: »Zwei Leute pro Tisch machen Tischdienst. Ihr räumt das schmutzige Geschirr ab und deckt die Tische fürs Frühstück.«

»Na toll«, sagt Anne. »Natascha und Sabine haben sich natürlich schon verdrückt. Okay, dann übernehme ich eben den ersten Tischdienst. Dann hab ich's wenigstens hinter mir.«

Britt sieht nicht besonders begeistert aus. »Hm.

Eigentlich wollte ich ja jetzt eine Runde Tischtennis spielen, bevor es draußen total dunkel wird. Frau Schulte hat vorhin erzählt, dass hinter dem Haus ein paar Tischtennisplatten stehen.«

»Ich kann ja mit Anne zusammen Tischdienst machen«, sagt Maria und steht auf.

»Ehrlich? Super!« Britts Gesicht hellt sich augenblicklich wieder auf. »Dann hau ich jetzt ab. Schnell, Carola, sonst sind bestimmt gleich alle Platten besetzt!«

Britt rennt aus dem Speisesaal und Carola flitzt hinterher. Anne sieht ihnen mit zusammengezogenen Augenbrauen nach. So hatte sie sich das eigentlich nicht vorgestellt!

Maria fängt schon an, die schmutzigen Teller aufeinander zu stapeln und Anne steckt sich schnell eine Lakritzschnecke in den Mund. Vielleicht vertreibt der süße Geschmack ja die bitteren Gedanken an Britt und Carola.

Anne und Maria räumen das dreckige Geschirr auf einen Rollwagen und Anne schiebt den Wagen in die Küche. Auf einer großen, silbern glänzenden Arbeitsfläche sitzt ein Junge im Schneidersitz und ist völlig in ein Comicheft vertieft. Er lacht gerade so laut, dass er gar nicht hört, wie Anne den klappernden Geschirrwagen hereinrollt.

»Äh ... hallo«, sagt Anne und bleibt verdutzt stehen. »Was machst du denn da?«

Im selben Moment würde sie sich am liebsten auf die Zunge beißen. So eine blöde Frage! Der Junge muss sie ja für total bescheuert halten.

»Hey«, sagt er lässig. »Ich koch Marmelade ein, das siehst du doch, oder?« Er grinst. »Nee, Quatsch. Ich les gerade *Tim und Struppi.*«

»Ehrlich?«, fragt Anne. »Das ist mein Lieblingscomic! Mein Vater ist totaler *Tim und Struppi*-Fan, er hat alle Hefte und sammelt auch sonst alles, was mit *Tim und Struppi* zu tun hat.«

»Wow! Hat dein Vater etwa auch alte Originalausgaben?«

»Nee, die sind viel zu teuer. Papa sagt, für so eine Erstausgabe aus den Dreißigerjahren musst du heutzutage locker bis zu hunderttausend Euro hinblättern. Wahnsinn, oder? Einmal hat er eine kleine *Tim und Struppi*-Plastikfigur für zweihundertfünfzig Euro im Internet ersteigert. Ich sag's dir, meine Mutter ist fast ausgerastet! Meine absolute Lieblingsfolge ist übrigens *Reiseziel Mond.*«

»Das gibt's doch gar nicht! Meine auch!« Der Junge springt von der Arbeitsplatte und reicht Anne feierlich die Hand. »Ich heiße Paul. Meine Mutter ist hier in der Jugendherberge die Köchin. Wir wohnen gleich nebenan.«

»Ich bin Anne. Wir sind gerade erst angekommen.«

»Klassenfahrt, was?«, fragt Paul.

Anne nickt.

»Freut mich sehr, dich kennen zu lernen, Anne«, sagt Paul galant.

Anne nickt wieder. Sagen kann sie gerade nichts. Paul hält immer noch ihre Hand fest. Sie fühlt sich warm an und Anne merkt, wie ihr plötzlich auch ganz warm wird.

Da kommt Maria mit dem restlichen Geschirr herein. Sie stutzt einen Moment, als sie Anne und Paul mitten in der Küche stehen sieht, Hand in Hand und mit feierlichen Gesichtern. Dann fragt sie: »Wo kommt das schmutzige Geschirr hin?«

»Warte, ich zeig's dir«, sagt Paul und lässt Annes Hand los.

Annes Herz klopft wie verrückt und ihr ist ein bisschen schwindelig. Sie lehnt sich kurz gegen die Arbeitsplatte. Hoffentlich wird sie nicht krank! Ob sie Fieber hat? Vielleicht ist ihr deswegen plötzlich so warm geworden. Oh nein, bitte nicht! Auf Klassenfahrt krank zu werden, ist echt das Allerletzte.

Vom restlichen Tischdienst bekommt Anne kaum etwas mit. Sie fühlt sich total merkwürdig. So als wäre sie in Watte gepackt und würde gleichzeitig ein Stück über dem Boden schweben. Sie ist froh, als sie endlich neben Maria draußen vor dem Speisesaal steht und ihr der salzige Wind kräftig durch die langen Haare fährt. Der Wind pustet das Wattegefühl weg, aber das Schwebegefühl bleibt.

»Mist, ich glaube, ich werde krank«, sagt Anne. »Ich fühl mich so komisch.«

Aber als Anne ihre Beschwerden aufzählt, lacht

Maria bloß. »Quatsch, du wirst nicht krank. Du hast dich verknallt!«

»Ich??? Verknallt???«, ruft Anne. »So ein Unsinn! In wen denn überhaupt? Etwa in Tarek? Oder in Olaf?«

»Nö, in Paul natürlich«, sagt Maria und grinst. »Das hat doch ein Blinder mit Krückstock gesehen, dass bei euch beiden gerade der Blitz eingeschlagen hat.«

»So ein Unsinn«, brummt Anne noch einmal.

Aber dann kommt sie doch ins Grübeln. Gerade eben, als Maria »Paul« gesagt hat, hat es plötzlich ganz heftig in ihrem Bauch gekribbelt. Als wenn dort lauter kleine Hubschrauber herumfliegen würden. Jetzt will Anne es genau wissen und denkt dreimal hintereinander an Paul. Paul – Hubschrauber, Paul – Hubschrauber, Paul – Hubschrauber. Das ist eindeutig.

»Mist, du hast Recht«, flüstert Anne entsetzt. »Ich hab mich in Paul verknallt. Und ich hab den heiligen Schwur gebrochen! Kein Wort davon zu Britt oder Carola, okay?«

Maria hebt feierlich die Hand. »Ich schwöre, dass ich schweigen werde wie ein Grab. Kein Wort zu niemandem!«

Anne seufzt erleichtert. Dann schwebt sie neben Maria zurück zu ihrem Zimmer.

3. Kapitel

Strandräuber, Piraten und eine Flaschenpost

»Heute Vormittag gehen wir zum Strand«, verkündet Frau Schulte am nächsten Morgen beim Frühstück. »Und nachmittags machen wir einen Ausflug zur Wattenschutzstation nach Hörnum.«

Anne trottet hinter Britt aus dem Speisesaal und wirft noch einen letzten Blick in Richtung Küche. Sie hatte ein klitzekleines bisschen gehofft, Paul beim Frühstück zu sehen, aber er ist nicht aufgetaucht. Trotzdem muss Anne die ganze Zeit an ihn denken. Wie er gestern ihre Hand festgehalten hat. Und wie er zu ihr gesagt hat: »Freut mich sehr, dich kennen zu lernen, Anne.«

Paul ist irgendwie ganz anders als die Jungs aus der 4b. Von denen würde nie im Leben einer »Freut mich sehr, dich kennen zu lernen« zu einem Mädchen sagen. Dafür sind sie viel zu kindisch und blöd. Aber mit Paul kann man sich richtig gut unterhalten. Und er furzt bestimmt auch nicht ständig in der Gegend herum wie Tarek. Eins ist klar: Paul ist mit Abstand der netteste Junge, den Anne kennt!

»Sag mal, hörst du mir überhaupt zu?«, fragt Britt, als sie hinter Frau Schulte über den Hof gehen.

Anne zuckt zusammen. »Hä? Äh – ja, klar. Was hast du gerade gesagt?«

Britt schüttelt den Kopf. »Mann, was ist eigentlich los mit dir? Seit gestern Abend bist du total komisch. Du kriegst überhaupt nichts mehr mit. Hat dir die Seeluft das Gehirn weggepustet, oder was?« Zum Glück erwartet sie darauf keine Antwort, sondern redet sofort weiter. »Ich hab gerade gesagt, dass man bei dem Wind bestimmt toll Drachen steigen lassen kann. Schade, dass wir keinen dabeihaben.«

»Ja, echt schade«, sagt Anne, obwohl ihr das ziemlich egal ist. Sie hat ganz andere Dinge im Kopf.

»Früher haben hier Strandräuber und Piraten gelebt«, erzählt Frau Schulte, während sie mit der gesamten 4b im Schlepptau auf einem Holzsteg durch die Dünen zum Meer geht. »Sie haben sich in den Dünen versteckt und mit falschen Lichtsignalen Schiffe angelockt. Und die wurden dann gründlich ausgeplündert.«

»Und was passierte mit den Mannschaften der überfallenen Schiffe?«, fragt Tim.

»Mit denen haben die Piraten kurzen Prozess gemacht«, sagt Frau Schulte und fährt sich vielsagend mit der flachen Hand über die Kehle.

Tim schluckt, aber Britt sagt verträumt: »Cool, echte Piraten! Schade, dass es die heute nicht mehr gibt. Die hätte ich gerne mal kennen gelernt.«

»Ha, ha, Britt, die Piratenbraut!«, ruft Tarek und lacht höhnisch.

Doch dann sind sie oben auf der Düne angekommen und Tarek hält ausnahmsweise mal den Mund. Vor ihnen liegt die Nordsee. Die Sonne, die sich gerade zwischen den Wolken hindurchschiebt, lässt die Schaumkronen glitzern und eine Welle nach der anderen rollt an den Strand.

»Wow«, haucht Britt und Anne nickt stumm. So viel Meer auf einmal – das ist wirklich der Hammer.

»Wer zuerst beim Wasser ist!«, ruft Thorsten und die 4b stürmt johlend zum Strand hinunter.

Erst spielen sie mit Olaf eine Runde Völkerball und ein paar Laufspiele, dann gibt ihnen Frau Schulte eine halbe Stunde frei, damit sie den Strand auf eigene Faust erkunden können.

»Komm, wir gehen Muscheln suchen«, sagt Anne und zieht Britt schnell weg, bevor sich Carola wieder an sie dranhängen kann.

Anne und Britt gehen ein Stück den Strand entlang und bücken sich ab und zu, um besonders schöne Muscheln oder Steine aufzusammeln. Bald sind ihre Jackentaschen proppenvoll.

»Sollen wir wieder zurückgehen?«, fragt Anne nach einer Weile.

Aber Britt hat gerade etwas entdeckt. »Guck mal, da vorne!«, ruft sie. »Da glitzert was!«

Als sie näher kommen, sieht Anne, dass dort eine grüne Flasche im feuchten Sand steckt. Auf dem Glas glitzern die Sonnenstrahlen.

»Ach, das ist doch nur eine leere Flasche«, sagt Anne und will sich schon wieder umdrehen.

»Jetzt warte doch mal!«, ruft Britt ungeduldig. »Wer sagt denn, dass die Flasche leer ist? Vielleicht ist es ja eine Flaschenpost!«

»Pfff«, macht Anne verächtlich. Eine Flaschenpost! Auf so eine verrückte Idee kann auch nur Britt kommen. Eine Flaschenpost finden Kinder höchstens im Fernsehen oder in irgendwelchen Büchern, aber doch nicht in Wirklichkeit!

»Guck mal, da steckt tatsächlich was drin«, sagt Britt aufgeregt und zieht die Flasche aus dem Sand. »Ein Brief oder so was. Ich hab's doch gewusst!«

Anne nimmt die Flasche in die Hand. Tatsächlich! Durch das grüne Glas kann sie ein zusammengerolltes Stück Papier sehen. Das gibt's doch gar nicht! Doch ehe Anne die Flasche genauer untersuchen kann, reißt Britt sie ihr auch schon wieder aus der Hand und versucht, den Korken herauszuziehen.

»Wie geht das blöde Ding denn auf?«, schimpft sie und fummelt hektisch an dem Korken herum. Aber der steckt leider ganz fest im Flaschenhals.

»Drück ihn doch einfach rein«, sagt Anne. »Das macht mein Vater auch immer, wenn er bei einer Weinflasche den Korken nicht rauskriegt.«

Es macht »Plopp!«, als der Korken plötzlich in der Flasche verschwindet.

»Ha! Gleich hab ich's!«, ruft Britt, steckt einen Finger in die Flasche und zieht das Papier heraus.

Anne kaut nervös auf einer Haarsträhne herum. »Sei vorsichtig! Reiß den Zettel nicht aus Versehen kaputt!«

»Nein, nein«, sagt Britt und rollt das Blatt auseinander.

Anne und Britt stehen Schulter an Schulter am Strand, betrachten den Zettel und merken gar nicht, wie eine Welle nach der anderen über ihre Gummistiefel schwappt.

»Eine Schatzkarte!«, haucht Britt.

Anne nickt. Vor lauter Aufregung kriegt sie kein Wort heraus. Das ist doch eigentlich völlig unmöglich, oder? Kaum sind sie einen Tag auf Sylt, schon finden sie eine Flaschenpost mit einer Schatzkarte. Vielleicht ist das alles nur ein verrückter Traum: die Klassenfahrt, Paul, die Flaschenpost ... Aber der Windstoß, der Annes Haare durcheinander wirbelt,

fühlt sich ziemlich echt an. Und die Regentropfen, die jetzt auf ihr Gesicht fallen, auch.

Anne setzt schnell ihre Kapuze auf. Dann stößt sie Britt an, die die Schatzkarte mit offenem Mund anstarrt. »Schnell, steck die Karte weg, sonst wird sie noch nass.«

Widerwillig rollt Britt das Blatt zusammen und lässt es in ihrer Jackentasche verschwinden. Sie hat vor Aufregung ganz rote Wangen und scheint überhaupt nicht zu merken, dass es angefangen hat zu regnen. Von weitem winkt ihnen Frau Schulte zu und gibt ihnen durch Handzeichen zu verstehen, dass sie jetzt zur Jugendherberge zurückgehen. Während Anne und Britt langsam hinterhertrotten, redet Britt wie ein Wasserfall.

»Mann, eine echte Schatzkarte! Und hast du gesehen, wie alt die aussieht? Das Papier ist ganz vergilbt … Und die Ecken sind irgendwie angekokelt … Die hat bestimmt einer dieser Piraten gezeichnet, von denen Frau Schulte erzählt hat. Erst hat er lauter Schiffe ausgeraubt und dann hat er seine Beute irgendwo hier auf der Insel versteckt. Damit er sie auch wieder findet, hat er die Schatzkarte gemalt. Und dann ist die Flaschenpost mit der Karte hunderte von Jahren im Meer herumgeschwommen, bis wir sie heute gefunden haben. Wir müssen unbedingt herausbekommen, wo der Schatz liegt. Vielleicht ist es ja eine Truhe voller Goldstücke und wir werden steinreich! Mann, das wäre doch klasse, oder?«

»Ich weiß nicht …« Anne schüttelt nachdenklich den Kopf, während sie neben Britt über den Dünensteg läuft. »Ich kann mir irgendwie nicht vorstellen, dass die Karte so alt ist. Dann wäre die Flasche doch bestimmt schon längst kaputtgegangen. Außerdem sah die Flasche eigentlich ziemlich neu aus, oder? Wo ist sie eigentlich?«

Aber Britt hat die Flasche am Strand liegen gelassen und dort ist sie bestimmt längst von einer Welle zurück ins Meer gespült worden.

»Mist!«, schimpft Britt. »Die Flasche wäre ein wichtiges Indiz gewesen.«

Anne stöhnt. Wenn Britt schon anfängt, von wichtigen Indizien zu reden, ist sowieso alles zu spät. Warum muss sie eigentlich immer hinter allem gleich einen aufregenden Fall oder eine geheime Verschwörung vermuten? Und jetzt also auch noch ein Piratenschatz – das ist wirklich der absolute Gipfel. So etwas Verrücktes hat sich selbst Britt bisher nicht ausgedacht.

»Hör mal«, sagt Anne. »Das ist bestimmt nur ein schlechter Scherz oder so was. Die Karte *kann* einfach nicht echt sein. Und es gibt garantiert auch keinen Schatz.«

»Gibt es doch!«, sagt Britt störrisch. »Und ich werde auf jeden Fall versuchen, ihn zu finden. Mann, das ist doch total spannend! Ein echter Piratenschatz! Aber du musst ja nicht mitmachen, wenn du keine Lust hast. Ich kann auch Carola fragen, die ist bestimmt sofort dabei.«

Inzwischen sind sie wieder bei der Jugendherberge

angekommen und laufen über den Hof zum Hauptgebäude. Anne will Britt gerade sagen, dass sie doch mit ihrer blöden Carola glücklich werden soll, wenn es ihr Spaß macht, da sieht sie plötzlich Paul. Er kickt mit einem Fußball gegen die Wand des Küchengebäudes. In Annes Bauch starten sofort wieder die Hubschrauber.

»Was ist?«, fragt Britt. »Kommst du?«

Anne hat gar nicht gemerkt, dass sie bei Pauls Anblick wie erstarrt stehen geblieben ist.

»Äh – geh schon mal vor«, sagt sie. »Ich komm sofort. Ich … äh … will bloß noch schnell telefonieren.«

Anne holt ihr Handy aus der Jackentasche.

»Schon wieder?«, fragt Britt. »Du hast doch gestern erst zu Hause angerufen.«

»Ja, aber ich muss Ben unbedingt noch was sagen. Wegen … wegen der Lakritzschnecken, die ich ihm geschenkt habe.«

»Aha«, sagt Britt und macht ein verwirrtes Gesicht. Aber zum Glück fragt sie nicht weiter nach. »Na, dann bis gleich.«

Anne seufzt erleichtert, als Britt endlich in der Jugendherberge verschwindet, und steckt das Handy wieder ein. Dann geht sie zu Paul hinüber.

Paul stoppt seinen Ball mit dem Fuß. »Hallo, Anne«, sagt er und lächelt.

Anne fällt auf, dass er grüne Augen hat. Fast so grün wie die Nordsee. Und auf seiner Nase drängeln sich lauter kleine Sommersprossen. Als hätte ihm jemand braune Tinte ins Gesicht gespritzt.

»Hallo«, sagt Anne und lächelt zurück.

Dann fällt ihr nichts mehr ein. Anne merkt, wie sie rot wird. Paul hält sie bestimmt für total beschränkt, wenn sie die ganze Zeit bloß stumm wie ein Fisch vor ihm steht.

Aber da sagt er plötzlich: »Hast du Lust, nachher mit mir Tischtennis zu spielen?«

Anne nickt.

»Nach dem Abendbrot?«

Anne nickt wieder.

»Okay, ich warte bei den Tischtennisplatten auf dich«, sagt Paul und klemmt seinen Fußball unter den Arm. »Bis später!«

Dann geht er pfeifend in Richtung Kücheneingang.

»Tschüss«, flüstert Anne, aber sie ist sich nicht sicher, ob Paul sie noch gehört hat.

Es dauert eine ganze Weile, bis die Hubschrauber

in Annes Bauch wieder Ruhe geben. Doch schließlich geht einer nach dem anderen in den Sinkflug über und landet. Anne atmet einmal tief durch. Sie kann es noch gar nicht richtig glauben. Paul hat sich tatsächlich mit ihr verabredet! Das heißt doch, dass er sie mag, oder? Klar heißt es das – sonst hätte er bestimmt keine Lust, mit ihr Tischtennis zu spielen. Wahnsinn!!! Paul mag Anne und Anne mag Paul. Und heute Abend haben sie eine richtige Verabredung.

4. Kapitel
Ein Paul für zwei

Die Führung durch die Wattenschutzstation dauert Anne viel zu lange. Am liebsten würde sie einfach die Zeit vordrehen, aber das geht natürlich nicht. Stattdessen zieht sich der Nachmittag wie eine auseinander gerollte Lakritzschnecke.

Anne muss immer wieder daran denken, dass sie den heiligen Schwur gebrochen hat. Außerdem hat sie Britt vorhin angelogen – dabei ist Britt doch ihre beste Freundin! Am liebsten würde sie ihr auf der Stelle von der Sache mit Paul erzählen. Aber was, wenn Britt dann nicht mehr ihre Freundin sein will? Anne weiß noch ganz genau, was Britt auf der Hinfahrt im Zug gesagt hat: »Auf eine Freundin, die sich ständig verknallt, kann ich echt verzichten.« Und Britt meint meistens auch, was sie sagt. Ob sie Carola schon von der Schatzkarte erzählt hat? Die blöde Kuh ist bestimmt gleich Feuer und Flamme. Nachher wird Carola noch Britts neue beste Freundin! Das wäre echt das Letzte.

»Übrigens mache ich doch mit bei der Schatzsuche«, flüstert Anne Britt am Ende der Führung zu. »Aber nur, wenn du Carola da raus lässt.«

Britt strahlt. »Na klar, kein Problem! Super, dass du jetzt doch dabei bist! Ich hab mir die Karte vorhin noch mal angesehen und mir ist da was aufgefallen ...«

Auf dem Rückweg zur Jugendherberge quatscht Britt die ganze Zeit nur noch von Piraten, Schatzkarten und Goldstücken – allerdings so leise, dass es nur Anne hören kann. Die Sache soll nämlich erst mal ein Geheimnis bleiben, damit sich nicht gleich die ganze 4b auf den Schatz stürzt. Aber Anne hört gar nicht richtig zu. Sie wird immer aufgeregter, je näher die Verabredung mit Paul rückt ...

Nach dem Abendessen springt Anne sofort auf und läuft hinaus. Als sie den Hof überquert, drehen schon wieder die ersten Hubschrauber in Annes Bauch ihre Runden. Automatisch greift sie in ihre Jackentasche. Sie braucht jetzt unbedingt eine Lakritzschnecke zur Beruhigung. Doch in ihrer Tasche sind zwar jede Menge Muscheln und ziemlich viel Sand – aber von Lakritz keine Spur.

»Mist!«, murmelt Anne. »Ausgerechnet jetzt!«

Sie zögert kurz, dann rennt sie zum Schlafsaal hinüber. In ihrem Koffer hat sie noch zwei große Tüten mit Lakritzschnecken. Schnell stopft sie sich eine Hand voll in die Hosentasche, schiebt sich eine Schnecke in den Mund und flitzt zu den Tischtennisplatten. Da ist Paul! Annes Herz klopft wie verrückt. Aber dann sieht sie, dass er nicht allein ist. Er spielt schon mit jemandem Tischtennis. Mit einem Mädchen. Das Mädchen steht mit dem Rücken zu Anne, aber sie weiß trotzdem sofort, wer es ist. Diese braunen Locken würde sie überall wieder erkennen. Es ist Britt!

Annes Herz hört für einen Moment auf zu schlagen und sie versteckt sich schnell hinter einem Mauervorsprung. Ein Glück, dass die beiden sie noch nicht gesehen haben. Sie hört, wie Paul etwas sagt und wie Britt lacht. Jetzt lacht Paul auch. Na, die beiden scheinen sich ja prima zu verstehen! Anne schießen die Tränen in die Augen. Das ist so gemein! Paul war doch mit *ihr* verabredet! Warum hat er nicht auf sie gewartet? Und warum spielt Britt plötzlich mit ihm Tischtennis? Eigentlich findet sie doch alle Jungs total bescheuert. Kann sie nicht mit der blöden Carola Tischtennis spielen? Die weicht ihr doch sonst auch nicht von der Seite. Aber jetzt ist natürlich weit und breit kein Fitzelchen von ihr zu sehen. Typisch, die dumme Nuss ist auch zu gar nichts zu gebrauchen!

Anne schnieft. Am liebsten würde sie zu Britt und Paul gehen und den beiden ordentlich die Meinung sagen. Aber dann müsste sie ja vor Paul zugeben, dass sie ihn mag. Und dass sie eifersüchtig ist. Nein, das will sie nicht, auf keinen Fall.

Anne tastet in ihrer Hosentasche nach einer Lakritzschnecke. Aber dann merkt sie, dass sie gerade überhaupt keinen Appetit auf Lakritz hat – und das ist wirklich ein sehr schlechtes Zeichen.

Das ist alles nur Britts Schuld! Warum musste sie

ihr Paul auch vor der Nase wegschnappen? Und Anne hatte sogar noch ein schlechtes Gewissen, weil sie den heiligen Schwur gebrochen hat – wie lächerlich!

Da! Britt kichert schon wieder über eine Bemerkung von Paul. Mann, das klingt vielleicht albern. Anne kann sich das keine Sekunde länger anhören. Sie wischt sich die Tränen aus dem Gesicht und rennt den Dünenweg hinunter zum Strand. Sie will nichts mehr hören und niemanden mehr sehen. Sie will nur noch alleine sein.

Um halb acht versammelt sich die 4b im Tagesraum. Anne spritzt sich vorher auf dem Klo schnell etwas kaltes Wasser ins Gesicht, aber ihre Augen sehen trotzdem noch ziemlich rot und verquollen aus. Hoffentlich merkt keiner, dass sie geheult hat!

»Jeder von euch soll während der Klassenfahrt ein Tagebuch führen«, erklärt Frau Schulte gerade, als Anne als Letzte in den Tagesraum schlüpft. »Das heißt, dass ihr jeden Tag aufschreibt, was ihr erlebt habt. Ihr könnt auch Postkarten oder andere Sachen in das Tagebuch kleben. Eine Vogelfeder vom Strand zum Beispiel. Oder die Eintrittskarte von der Wattenschutzstation.«

Anne seufzt. Sie möchte am liebsten sofort wieder vergessen, was sie heute erlebt hat. Und aufschreiben will sie es schon gar nicht. Verstohlen schielt sie zu Britt hinüber, aber die scheint auch keine große Lust zum Tagebuchschreiben zu haben. Stattdessen hat sie das Freundschaftsheft herausgeholt und kritzelt darin herum. Dabei lächelt sie verträumt vor sich hin. Anne sieht genauer hin – und fällt fast vom Stuhl vor Schreck. Britt malt lauter klitzekleine Herzchen! Hat sie sich etwa auch verknallt? Und wenn ja, in wen? Anne braucht nicht lange zu überlegen, denn es gibt eigentlich nur einen Jungen, der infrage kommt. Aber dieser Gedanke ist so schrecklich, dass sie ihn lieber gar nicht zu Ende denkt.

Stattdessen pikt sie mit ihrem Kugelschreiber auf die Stelle im Freundschaftsheft, wo in Britts krakeliger Schrift der heilige Schwur steht. Britt ist gerade dabei, die drei Unterschriften mit Herzchen zu verzieren. Na, das passt ja!

»Das mit dem Schwur war wirklich eine klasse Idee von dir«, flüstert Anne. »Hauptsache, es halten sich auch alle dran. Schließlich ist der Schwur heilig.«

Britt nickt, aber sie wird knallrot dabei. Anne beißt sich auf die Unterlippe. Dann zieht sie das

Freundschaftsheft zu sich herüber und schreibt direkt unter den heiligen Schwur:

Britt sieht Anne erschrocken an.

Dann nickt sie langsam. Anne springt auf und rennt aus dem Tagesraum. Hinter dem Hauptgebäude bleibt sie stehen und lehnt sich keuchend gegen eine der Tischtennisplatten. Plötzlich hört sie Schritte und Britt steht vor ihr.

»Ich wollte mich doch gar nicht verknallen«, sagt Britt leise. »Ich hab das mit dem Schwur wirklich ernst gemeint. Aber dann hab ich Paul vorhin hier bei den Tischtennisplatten getroffen und wir haben eine Runde zusammen gespielt. Das war total lustig. Ich wusste gar nicht, dass es Jungs gibt, mit denen man so viel Spaß haben kann. Wir haben uns sogar richtig gut unterhalten …«

»… und dann sind die Hubschrauber gestartet«, murmelt Anne.

»Hä? Was für Hubschrauber?«, fragt Britt verwirrt.

»Ach, nicht so wichtig«, sagt Anne. »Sag mal, ist dir auch aufgefallen, dass Paul grüne Augen hat? So grün wie …«

»… die Nordsee«, ergänzt Britt. »Echt irre, oder? Und dann die ganzen Sommersprossen auf seiner Nase! Das sieht irgendwie total süß aus.«

»Hmmm«, sagt Anne.

Anne und Britt machen verträumte Gesichter.

Plötzlich fängt Britt an zu grinsen. »Mannomann, wir hören uns schon an wie Natascha und Sabine. Schrecklich! Übrigens: Woher weißt du das eigentlich alles? Klingt ja fast so, als würdest du Paul schon seit Jahren kennen.«

»Äh, na ja, ich hab ihn gestern nach dem Abendbrot zufällig in der Küche getroffen«, sagt Anne und wird rot. »Und heute noch mal, als wir vom Strand zurückgekommen sind. Wir haben ein bisschen gequatscht und … und heute Abend war *ich* eigentlich mit ihm zum Tischtennisspielen verabredet. Aber dann hat er schon mit dir gespielt. Und da dachte ich, dass er und du … also, dass ihr …«

»Waaas?«, ruft Britt. »Du warst mit ihm *verabredet?* Heißt das etwa, du hast dich auch in ihn verknallt?«

Anne nickt schuldbewusst. An Britts Stelle wäre sie jetzt ganz schön sauer. Aber Britt starrt sie nur einen Moment lang mit offenem Mund an und prustet dann plötzlich los.

»Hihihi«, kichert sie. »Ich fass es nicht! Wir beide – verknallt! In denselben Jungen! Das ist ja zum Totlachen!«

Jetzt muss Anne auch grinsen und eine Weile können die beiden gar nicht mehr aufhören zu glucksen und zu kichern.

Dann wird Britt wieder ernst. »Aber was sollen wir denn jetzt machen? Sollen wir losen, wer Paul bekommt? Oder eine Runde Tischtennis um ihn spielen?«

Anne schüttelt den Kopf. »Nein, ich bin dafür, dass ihn keine von uns bekommt. Wir vergessen ihn einfach ganz schnell wieder. Sonst gibt's nur Ärger.«

»Vergessen?«, fragt Britt nachdenklich. »Meinst du, das klappt? Ich weiß nicht …«

»Klar klappt das«, sagt Anne. »Schließlich haben wir genug andere Sachen zu tun. Wir müssen zum Beispiel einen Piratenschatz heben!«

»Stimmt«, sagt Britt. »Du hast Recht, wir vergessen diesen dämlichen Paul einfach. Dann haben wir viel mehr Zeit für die Schatzsuche. Und wenn wir den Schatz erst mal gefunden haben, sind wir so reich, dass wir die ganze Insel kaufen können!«

»Und unsere Schule«, sagt Anne. »Dann lassen wir jeden Tag den Unterricht ausfallen!«

»Au ja!«, ruft Britt. »Und ein Fußballstadion!«

»Und tonnenweise Lakritzschnecken!«

Britt reibt sich unternehmungslustig die Hände. »Worauf warten wir noch? Piratenschatz, wir kommen!«

5. Kapitel

Die Schatzkarte wird entziffert

Am nächsten Morgen, als die anderen nach dem Tagebuchschreiben zu den Tischtennisplatten stürmen, holt Britt die Schatzkarte heraus und legt sie auf das Freundschaftsheft. Anne beugt sich über die Karte und betrachtet sie ganz genau. Das Papier sieht tatsächlich ziemlich vergilbt aus und ist an den Ecken ganz schwarz.

»Könnte Pergamentpapier sein«, sagt Anne. »Darauf haben die Leute früher geschrieben. Weißt du noch? Das hat Frau Schulte doch letztens in Sachkunde erzählt. Aber warum sind die Ecken so schwarz?«

»Darüber hab ich auch schon nachgedacht«, sagt Britt eifrig. »Und es gibt eigentlich nur eine Erklärung: Das Piratenschiff hat gebrannt und die Karte ist in den Flammen gelandet. Doch der Piratenkapitän konnte sie im letzten Moment retten. Er hat sie in eine Flasche gestopft und ins Meer geworfen. Verstehst du? Er wollte nicht, dass die Karte mit ihm und dem Schiff untergeht! Denn dann wäre der Schatz ja für immer verloren gewesen.«

Anne sieht Britt skeptisch an. »Hmmm, ich weiß nicht. Das klingt irgendwie ziemlich abenteuerlich …«

»Das *ist* ja auch ziemlich abenteuerlich«, sagt Britt. »Wir stecken schließlich mitten in einem echten Piratenabenteuer! Hier, guck mal. Ich glaube, ich weiß inzwischen, was das ist.« Britt zeigt auf die Karte, auf der eine merkwürdige, lang gezogene Form zu sehen ist. »Das ist Sylt!« Britt greift nach ihrem Tagebuch-Schnellhefter. Auf das Deckblatt hat sie eine Karte von Sylt geklebt. »Sieht doch genau gleich aus, oder?«

Anne vergleicht die beiden Karten. Tatsächlich, Britt hat Recht! Auf beiden ist die gleiche lang gezogene Figur zu sehen.

»Aber ich hab keine Ahnung, was das hier sein soll«, sagt Britt und zeigt auf den zweiten Teil der Karte. »Kannst du diese blöde Schrift entziffern?«

Über einer Zeichnung, die aussieht wie das Ende eines dicken Wurms, stehen einige verschnörkelte Buchstaben.

»Also, das Erste könnte ein ›H‹ sein«, überlegt Anne laut.

Britt nickt. »Und der zweite Buchstabe ist eindeutig ein ›O‹.«

»Ho… Horn… Hornum«, buchstabiert Anne.

»Was soll das denn heißen?«, fragt Britt. »Vielleicht ist das eine Warnung vor Hornissen. Oder vor wilden Tieren mit Hörnern.«

Anne betrachtet die Karte von Sylt auf Britts Tagebuch und schüttelt langsam den Kopf. »Nee, das hat garantiert nichts mit Hornissen zu tun. Weißt du, was ich glaube? Hornum heißt Hörnum! Das ist eine Karte von Hörnum! Guck mal, links ist der Strand, die kleinen Würfel da sind der Ort und die Schlangenlinien drum herum sind das Meer.«

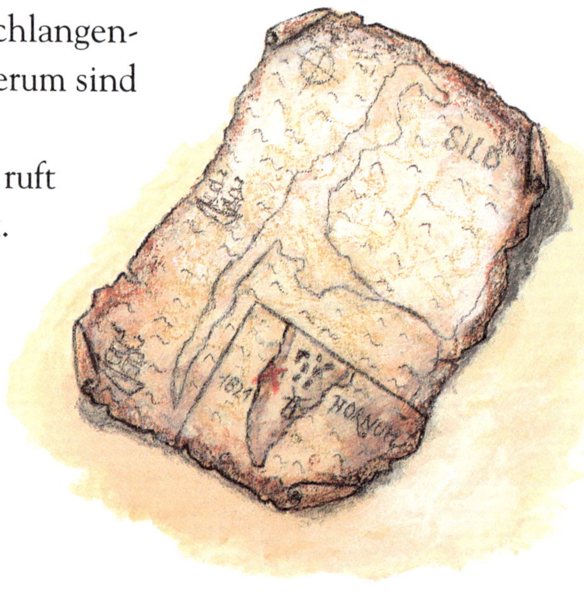

»Stimmt!«, ruft Britt aufgeregt. Sie zeigt auf ein dickes, rotes Kreuz links auf der Karte.

»Dann liegt der Schatz also irgendwo am Strand. Das müsste eigentlich hier ganz in der Nähe sein, oder? Aber was bedeuten diese Zahlen?«

Neben dem Kreuz stehen vier Ziffern: 1821.

Anne zuckt mit den Schultern. »Keine Ahnung. Vielleicht eine Jahreszahl? Könnte doch sein, dass der Schatz 1821 versteckt worden ist.«

»Gab's denn da überhaupt noch Piraten?«, fragt Britt.

Aber das weiß Anne auch nicht.

»Es gibt nur eine Möglichkeit, das herauszufinden«, sagt Britt entschlossen. »Wir gehen zum Strand und suchen die Stelle mit dem Kreuz. Vielleicht finden wir ja dort irgendeinen Hinweis auf den Schatz. Und wenn nicht, fangen wir einfach auf gut Glück an zu graben. Irgendwo muss der Schatz schließlich liegen.«

»Aber wir können doch nicht den ganzen Strand umgraben«, sagt Anne. »Außerdem ist das ein bisschen auffällig, oder? Dann wollen die anderen bestimmt wissen, was das soll, und wir müssen ihnen von der Schatzkarte erzählen.«

»Müssen wir nicht«, sagt Britt und grinst geheimnisvoll. »Ich hab nämlich eine super Idee. Wir suchen heute Nacht nach dem Schatz, dann sieht uns keiner.«

Anne zeigt Britt einen Vogel. »Du spinnst doch! Wie soll das denn gehen? Sollen wir uns nachts etwa heimlich rausschleichen?«

»Quatsch, das brauchen wir gar nicht. Wir machen doch heute die Nachtwanderung mit Frau Schulte, schon vergessen? Das ist die ideale Gelegenheit, um ungestört nach dem Schatz zu suchen.«

Anne ist sich nicht so sicher, ob sie gerne mitten in der Nacht am stockdunklen Strand nach einem Piratenschatz graben möchte. Aber bevor sie etwas sagen kann, stürmt Carola in den Tagesraum.

»Wo bleibt ihr denn?«, ruft sie. »Die anderen warten schon alle auf dem Hof. Frau Schulte hat gesagt, wenn wir nicht gleich losgehen, verpassen wir noch die Fähre. He, was habt ihr denn da?«

»Nichts«, sagt Britt schnell und schlägt das Freundschaftsheft zu, sodass die Karte vor Carolas neugierigen Blicken geschützt ist. »Wir kommen gleich. Ich muss nur noch schnell aufs Klo.«

Während Britt mit dem Freundschaftsheft unterm Arm auf die Toilette flitzt, geht Anne schon nach draußen auf den Hof. Vor dem Hauptgebäude sitzen

Tarek und Olaf an einem Holztisch und machen Armdrücken. Die anderen feuern sie an. Tim und Thorsten rufen »Tarek! Tarek!«, Natascha und Sabine kreischen »Olaf! Olaf!«.

Echt peinlich!

Anne stellt sich etwas abseits von den anderen hin. Graue Wolken bedecken den Himmel und es weht ein kalter Wind. Anne schaudert. Schnell setzt sie die Wollmütze auf und macht den Reißverschluss ihrer Jacke zu.

»Hallo, Anne«, sagt da eine Stimme hinter ihr.

Anne dreht sich um. Vor ihr steht Paul! Sie hat ihn gar nicht kommen hören. Plötzlich ist ihr überhaupt nicht mehr kalt.

»Wo warst du denn gestern?«, fragt er. »Ich hab die ganze Zeit auf dich gewartet.«

»Echt?«, fragt Anne. Eigentlich kann ihr das ja egal sein. Schließlich will sie nichts mehr von Paul wissen. Aber sie freut sich trotzdem.

»Ja, klar, wir waren doch verabredet! Ist dir was dazwischengekommen?«

»Äh – ja, irgendwie schon«, sagt Anne. »Tut mir Leid.« Sie will zwar nichts mehr von Paul, aber deswegen kann sie ja trotzdem höflich sein, oder?

»Macht nichts«, sagt Paul großzügig. »Wollen wir uns heute treffen?«

Anne zögert. »Nee, das geht nicht«, antwortet sie dann und zuckt bedauernd mit den Schultern. »Wir haben volles Programm. Gleich fahren wir nach Amrum und heute Abend machen wir eine Nachtwanderung.«

»Auf geht's, Kinder!«, ruft Frau Schulte in diesem Moment. »Wir müssen jetzt los zum Hafen.«

»Ich warte nach dem Abendbrot trotzdem bei den Tischtennisplatten auf dich«, sagt Paul. »Vielleicht hast du ja doch kurz Zeit.«

»Mal sehen«, sagt Anne und geht schnell zu den anderen.

Britt kommt gerade vom Klo. »He, war das nicht Paul?«, fragt sie und setzt ihren Rucksack auf.

»Hmm«, macht Anne.

»Was wollte er denn?«, will Britt wissen.

»Och, nichts«, antwortet Anne. »Hab ich schon wieder vergessen, genauso wie ihn.«

Doch Anne ist sich gar nicht sicher, ob das wirklich stimmt. Aber das sagt sie Britt lieber nicht.

6. Kapitel
Nachts am Strand

Den ganzen Tag versucht Anne zu vergessen, dass Paul nach dem Abendessen bei den Tischtennisplatten auf sie wartet. Aber es ist wie verhext: Je mehr sie es vergessen will, desto stärker muss sie daran denken.

Britt erwähnt Paul mit keinem Wort, bestimmt hat sie ihn schon längst vergessen. Also darf Anne auch nicht an ihn denken, das haben sie schließlich abgemacht.

Nach dem Abendbrot sind Britt und Carola mit dem Tischdienst dran. Sie kichern und flüstern, während sie die schmutzigen Teller aufeinander stapeln. Man könnte fast meinen, dass sie irgendein Geheimnis zusammen haben.

Anne geht schnell aus dem Speisesaal. Ihre Füße laufen ganz automatisch zu den Tischtennisplatten. Warum soll sie eigentlich nicht eine Runde Tischtennis mit Paul spielen? Ist doch nichts dabei. Das bedeutet schließlich noch lange nicht, dass sie immer noch in ihn verknallt ist.

»Da bist du ja!«, sagt Paul, als Anne um die Ecke biegt. »Ich dachte schon, du kommst nicht mehr.«

Er reicht Anne einen Schläger. Paul spielt ziemlich gut Tischtennis. Anne eigentlich auch, aber heute kann sie sich irgendwie nicht richtig konzentrieren. Statt den Ball anzuschauen, schaut sie ständig Paul an.

Paul tut so, als wäre er ein Sportreporter im Radio, und kommentiert jeden Schlag: »Das Spiel wird immer spannender. Wer wird die Weltmeisterschaft gewinnen? Aufschlag Anne. Ein blitzschneller Ball, aber Paul erwischt ihn gerade noch und spielt zurück. Jetzt einer von Annes gefürchteten Schmetterbällen …«

Anne muss kichern. Paul ist echt witzig! Nach drei Runden hat Anne beinahe Bauchschmerzen vom vielen Lachen. Da schaut Paul auf seine Armbanduhr.

»Was, schon so spät?«, ruft er. »Mist, ich muss los. Ich hab meiner Mutter versprochen, ihr noch in der Küche zu helfen. Bis morgen!«

Schwupps – schon ist er weg. Anne geht langsam zurück zum Hauptgebäude. Schade, dass Paul keine Zeit mehr hat. Sie hätte noch stundenlang mit ihm Tischtennis spielen können. Anne sieht, wie Carola aus dem Speisesaal kommt. Sie ist allein. Wo sie wohl Britt gelassen hat? Schnell holt Anne eine Lakritzschnecke aus ihrer Tasche und steckt sie sich in den Mund. An Britt will sie jetzt lieber nicht denken.

Um neun Uhr bricht die 4b zur Nachtwanderung auf. Draußen ist es stockdunkel und ein eisiger Wind fegt über die Dünen. Anne zieht sich ihre Mütze tief ins Gesicht. Vor ihnen läuft Olaf und erzählt Gruselgeschichten. Natürlich weichen ihm Natascha und Sabine nicht von der Seite und hängen geradezu an seinen Lippen.

»Habt ihr schon mal vom Dikjendälmann gehört?«, fragt Olaf. »Der geht hier auf Sylt in windigen Herbstnächten um.«

»Ehrlich?«, haucht Natascha. »Warum denn?«

»Er ist vor vielen hundert Jahren während eines schlimmen Sturms hier auf der Insel gestrandet«, erzählt Olaf mit düsterer Stimme. »Sein Schiff war untergegangen und er konnte sich und seinen Gold-

kasten gerade noch bis an den Strand retten. Natürlich hat er gehofft, dass ihm die Inselbewohner helfen würden. Aber da hatte er sich verrechnet! Ein paar Strandräuber lauerten ihm auf, fielen über ihn her und raubten sein Gold. Sie erschlugen ihn mit ihren Knüppeln und vergruben ihn im Sand.«

»Wo denn genau?«, fragt Sabine mit piepsiger Stimme. »Etwa irgendwo hier in der Nähe?«

Olaf wiegt nachdenklich den Kopf hin und her. »Gut möglich. Auf jeden Fall wandert der Dikjendälmann seitdem ruhelos als Gespenst umher und fordert Gerechtigkeit. Ihr könnt ihn daran erkennen, dass er statt der rechten Hand nur noch einen blutigen Armstumpf hat. Die Hand haben ihm die Räuber nämlich abgehackt.«

»Iiih!«, kreischen Natascha und Sabine.

Britt greift nach Annes Hand. Sie sieht etwas blass um die Nase aus, aber vielleicht liegt das auch nur am bleichen Mondlicht. Die Dünenlandschaft wirkt in dem fahlen Licht ganz fremd. Überall lauern dunkle Schatten und der Strandhafer raschelt bedrohlich. Die Grasbüschel sehen beinahe lebendig aus, wie sie so im Wind hin und her schwanken.

»Hör auf, den Kindern mit deinen Gruselgeschichten Angst zu machen, Olaf«, sagt Frau Schulte streng.

»Das sind keine Gruselgeschichten«, verteidigt sich Olaf, »sondern uralte Sylter Sagen.«

Britt flüstert: »Vielleicht waren es ja unsere Piraten, die den Seemann überfallen und ausgeraubt haben. Vielleicht ist sein Gold in unserer Schatztruhe …«

Anne schluckt. Heute Morgen fand sie Britts Geschichten noch ziemlich verrückt, aber jetzt, mitten in der Nacht zwischen den Dünen, klingt das alles plötzlich gar nicht mehr so unwahrscheinlich.

Als sie am Strand angekommen sind, wandert die 4b ein Stück am Meer entlang und Frau Schulte erklärt ihnen die verschiedenen Sternbilder. Anne und Britt lassen sich unauffällig etwas zurückfallen und Britt holt die Schatzkarte heraus. Im Mondlicht können sie gerade noch das dicke, rote Kreuz und die Zahl 1821 erkennen. »Der Schatz muss irgendwo hier versteckt sein«, flüstert Britt.

Anne und Britt suchen den Strand nach einem Hinweis ab. Abgesehen vom leisen Meeresrauschen und dem pfeifenden Wind ist es ganz still. Die Stimmen der anderen sind nicht mehr zu hören. Annes Herz klopft wie verrückt. Sie muss ständig an Olafs Geschichte denken. Eigentlich glaubt sie ja längst nicht mehr an Gespenster. Trotzdem hat sie das ungute Gefühl, dass der Dikjendälmann ganz in der Nähe ist. Bestimmt springt er gleich hinter einem der Strandkörbe da hinten hervor und schwenkt seinen blutigen Armstumpf. Anne läuft es eiskalt den Rücken hinunter und sie hält Britts Hand ganz fest.

Die drei Strandkörbe, die noch vom Sommer übrig geblieben sind, sehen ziemlich verlassen aus und scheinen sich vor dem kalten Herbstwind im Sand zu ducken.

Plötzlich stößt Britt einen spitzen Schrei aus und krallt ihre Hand in Annes Arm. Mit der anderen Hand zeigt sie zitternd auf einen Strandkorb. Anne bleibt vor Schreck fast das Herz stehen. Jetzt ist es also so weit: Der Dikjendälmann hat sie erwischt!

Aber als Anne vorsichtig zum Strandkorb hinüberschielt, ist dort weit und breit kein rachsüchtiges Gespenst zu sehen.

»Was ist denn los?«, fragt Anne ärgerlich. »Musst du mich so erschrecken? Ich hab fast einen Herzschlag gekriegt!«

»Guck doch mal, da!«, zischt Britt. »Auf dem Strandkorb.«

Jetzt sieht Anne es auch. Vor lauter Überraschung hält sie einen Moment die Luft an. Auf der Rückseite des Strandkorbs prangt in großen, schwarzen Ziffern die Zahl 1821!

»Da liegt der Schatz!«, ruft Britt und stürmt los. »Das ist ein eindeutiges Zeichen. Hilf mir mal, das Ding wegzuschieben.«

Anne und Britt zerren den schweren Strandkorb ein Stück zur Seite und Britt fängt sofort mit beiden Händen an zu graben.

»Irgendwas stimmt hier nicht«, sagt Anne langsam. »Den Strandkorb kann es doch unmöglich schon gegeben haben, als die Piraten den Schatz vergraben haben. Das mit der Nummer muss ein Zufall sein.«

»Auf keinen Fall«, keucht Britt, die inzwischen den feinen Pudersand zur Seite geschaufelt hat und sich mit dem festen, feuchten Sand darunter abplagt. »Das *kann* einfach kein Zufall sein! Außerdem hab ich's im Gefühl: Der Schatz liegt genau hier.«

Anne schüttelt den Kopf, aber dann hilft sie Britt doch beim Graben. Das Loch ist schon ganz schön tief, als ihre Finger plötzlich über etwas Hartes kratzen.

»Da ist tatsächlich was!«, ruft Anne ungläubig und bekommt vor lauter Aufregung eine Gänsehaut. »Fühlt sich an wie eine Kiste.«

Anne und Britt kratzen hektisch den Sand vom Deckel und zerren die Kiste aus dem Loch. Dann starren sie sie eine Weile schweigend an. Die Kiste ist aus Metall und ungefähr so groß wie eine Keksdose. Sie schimmert silbern im Mondlicht.

»Ziemlich klein für eine Schatztruhe«, sagt Britt schließlich.

Anne nickt langsam. »Und sie sieht auch nicht so aus, als wenn sie schon ein paar hundert Jahre hier liegen würde. Dann müsste sie doch total verrostet sein, oder?«

»Stimmt«, sagt Britt und betrachtet die Kiste misstrauisch. »Wollen wir sie trotzdem aufmachen?«

»Na klar«, sagt Anne. »Jetzt will ich auch wissen, was drin ist.«

Vorsichtig wischt Britt den Sand von der Kiste und versucht, den Deckel zu öffnen. Erst klappt es nicht, weil er doch ein bisschen festgerostet ist. Aber schließlich springt der Deckel mit einem Ruck auf. Anne und Britt beugen sich so weit über die Kiste, dass sie fast mit den Köpfen zusammenstoßen.

»Was ist das denn?«, fragt Britt und holt einen kleinen, glänzenden Gegenstand heraus. »Sieht aus wie eine Münze.«

Anne nimmt die Münze und wiegt sie in ihrer Hand. »Die ist garantiert nicht echt. Dafür ist sie viel zu leicht. War das etwa schon alles?«

Britt zieht einen Zettel aus der Kiste. »Nö, hier ist noch ein Brief.«

Dann liest sie vor, was auf dem Zettel steht:

HERZLICHEN GLÜCKWUNSCH!

SIE HABEN DEN SCHATZ GEHOBEN!
KOMMEN SIE MIT DEM GOLDSTÜCK ZU UNS,
DANN ERWARTEN SIE ATTRAKTIVE PREISE!

»Was soll das denn heißen?«, fragt Anne verdutzt.

Britt zuckt mit den Schultern. »Keine Ahnung. Hier steht noch eine Adresse in Westerland. Komisch, oder?«

»Ich hab's doch gewusst!«, ruft Anne wütend. »Das Ganze ist bloß ein schlechter Scherz. Irgendwer macht sich über uns lustig.«

Britt ballt die Hände zu Fäusten. »Mann, das ist echt fies! Aber das lassen wir uns nicht so einfach gefallen. Morgen fahren wir doch mit Frau Schulte nach Westerland, oder? Dann gehen wir zu diesen gemeinen Betrügern hin und sagen denen mal so richtig die Meinung. Die werden sich noch wundern!«

7. Kapitel
Achtung, Liebesbriefe!

Am Donnerstag schlurfen die Schüler der 4b nach dem Frühstück müde in den Tagesraum.

»Bevor wir nach Westerland fahren, könnt ihr noch ein bisschen an euren Tagebüchern weiterarbeiten«, sagt Frau Schulte.

Anne gähnt. Gestern ist es ganz schön spät geworden. Am liebsten würde sie sofort wieder ins Bett gehen. Doch als sie ihren Schnellhefter aufschlägt, ist sie plötzlich hellwach. Zwischen dem Deckblatt und der ersten Seite steckt ein kleiner Zettel, der mit lauter roten Herzchen verziert ist. Anne liest:

Hallo, Anne,

ich finde, du bist wirklich super!
Ich warte heute Abend um halb sieben
am Strand auf dich.

Dein Paul

Anne merkt, wie sie knallrot wird. Schnell faltet sie den Zettel zusammen und steckt ihn in ihre Hosentasche. Ein Liebesbrief von Paul! Anne hat noch nie einen Liebesbrief bekommen. Die Gedanken wirbeln nur so durch ihren Kopf. Also mag Paul sie doch! Und sie mag ihn auch. Aber was ist mit Britt? Soll Anne ihr von dem Liebesbrief erzählen? Aber dann müsste sie ja auch zugeben, dass sie sich gestern heimlich mit Paul getroffen hat. Nein, das geht nicht. Britt ist bestimmt total sauer, wenn sie erfährt, dass Anne sich nicht an ihre Abmachung gehalten hat.

Auf der Fahrt nach Westerland starrt Anne aus dem Fenster des Busses, ohne wirklich etwas zu sehen. Sie grübelt und grübelt. Soll sie Britt von dem Brief erzählen oder nicht? Ab und zu befühlt sie ihre Hosentasche und dann knistert der Zettel von Paul. Bei dem Geräusch bekommt Anne jedes Mal Herzklopfen.

Britt sitzt neben ihr und ist auch ziemlich still. Wahrscheinlich ist sie immer noch enttäuscht, dass es mit dem Schatz nichts geworden ist. Aber Anne ist gerade ganz froh, dass Britt sich nicht unterhalten will.

»Ihr habt jetzt eine Stunde Freizeit«, sagt Frau Schulte, als sie in Westerland aus dem Bus steigen. »Um zwölf Uhr treffen wir uns wieder hier und gehen gemeinsam zur Strandpromenade.«

»Dann nichts wie los«, sagt Anne zu Britt. »Weißt du, wo wir hinmüssen?«

Britt nickt und marschiert zielstrebig durch die Fußgängerzone. »Auf dem Zettel stand Friedrichstraße. Das ist mitten in der Innenstadt. Ich hab Frau Schulte gefragt und sie hat mir den Weg erklärt.«

Bis zur Friedrichstraße ist es zum Glück nicht weit. Hier gibt es jede Menge Cafés und Geschäfte. Anne fällt ein, dass sie noch ein Geschenk für Ben braucht.

»Hier muss es sein«, sagt Britt und bleibt vor einem schmalen Haus stehen, das zwischen einer Apotheke und einem Fischrestaurant liegt.

Neben der Tür hängt ein Schild mit der Aufschrift *Westerländer Welle.*

»*Westerländer Welle?*«, fragt Anne. »Was ist das denn?«

Britt zuckt mit den Schultern. »Vielleicht ein Friseur oder so was.«

Eine Weile stehen sie unschlüssig vor der Tür herum.

»Also los, auf in den Kampf«, sagt Anne schließlich und legt die Hand auf die Türklinke.

Aber Britt hält sie zurück. »Warte mal. Ich … ich muss dir erst noch was sagen.« Sie starrt auf ihre Füße und holt tief Luft.

»Ich … ich hab mich gestern Abend mit Paul getroffen. Erst hab ich den ganzen Tag versucht, nicht mehr an ihn zu denken. Ehrlich! Aber irgendwie hat das nicht so richtig geklappt. Und dann hat er gestern nach dem Küchendienst auf mich gewartet. Wir sind zum Strand gegangen und haben ein bisschen Fußball gespielt.«

»Waaas?!«, ruft Anne und stemmt die Hände in die Hüften. »Du hast dich *gestern Abend* mit Paul getroffen?«

Britt nickt und sieht Anne schuldbewusst an. »Ich weiß, dass das gegen unsere Abmachung war. Aber das ist noch nicht alles.« Britt zögert kurz, dann gibt sie sich einen Ruck und zieht einen Zettel aus ihrer Jackentasche. »Der lag heute nach dem Frühstück auf meinem Bett.«

Sie reicht Anne den Zettel. Anne traut ihren Augen kaum, als sie ihn liest.

Hallo, Britt,

ich finde, du bist wirklich super!
Ich warte heute Abend um sieben Uhr am Strand auf dich.

Dein Paul

»Das gibt's doch nicht!«, flüstert Anne. »Na warte, das wird dir noch Leid tun …« Sie ist so wütend, dass sie den Brief am liebsten in kleine Fetzen reißen würde.

Britt sieht Anne erschrocken an. »Was meinst du damit? Willst du jetzt etwa nicht mehr meine beste Freundin sein? Hör mal, es tut mir echt Leid! Und ich will auch gar nichts mehr von Paul wissen. Von mir aus kannst du ihn haben, okay?«

»Den will ich nicht mal geschenkt«, knurrt Anne. »Der Typ ist echt das Allerletzte.« Sie greift in ihre Hosentasche. »Hier, mir hat er auch einen Brief geschrieben.«

Britt starrt ungläubig auf den Zettel. »So eine Unverschämtheit! Erst will er sich mit dir treffen und eine halbe Stunde später mit mir.«

Anne nickt. »Genauso wie gestern. Bevor er sich mit dir getroffen hat, haben wir nämlich zusammen Tischtennis gespielt.«

»Was?!«, ruft Britt. »Dann hast du dich also auch nicht an unsere Abmachung gehalten!«

»Nein«, gibt Anne zu. »Ich wollte es dir eigentlich die ganze Zeit schon sagen, aber ich hab mich nicht getraut. Ich dachte, du bist dann vielleicht so sauer, dass du nichts mehr mit mir zu tun haben willst. Tut mir Leid!«

»Schon okay«, sagt Britt. »Mann, und das alles wegen diesem Blödmann. Der kommt sich jetzt bestimmt total toll vor und erzählt überall herum, dass er bald mit zwei Mädchen gleichzeitig geht. Aber das kann er vergessen!«

Anne nickt. »Allerdings. Ich finde, wir sollten ihm das irgendwie heimzahlen. Paul braucht dringend einen Denkzettel.«

Auf Britts Gesicht erscheint ein boshaftes Grinsen. »Stimmt. Fragt sich bloß, wie.«

»Da fällt uns garantiert noch was ein«, sagt Anne grimmig. »Paul wird uns nicht so schnell vergessen, das ist sicher. Aber jetzt gehen wir erst mal da rein und kümmern uns um die Schatzkartenfälscher. Ich bin jetzt genau in der richtigen Stimmung, um denen ordentlich die Meinung zu sagen.«

8. Kapitel
Rache ist süß

Anne und Britt stürmen durch die Tür und landen in einer kleinen Eingangshalle. Hinter dem Empfangstresen sitzt eine Frau und telefoniert. Als sie fertig ist, lächelt sie Anne und Britt zu und fragt: »Hallo, ihr beiden, was kann ich für euch tun?«

»Wir wollen uns beschweren«, sagt Anne.

Die Frau hört auf zu lächeln. »Oh. Und warum, wenn ich fragen darf?«

Britt knallt die falsche Goldmünze auf den Tresen und faucht: »Darum!«

Jetzt fängt die Frau wieder an zu lächeln. »Super, ihr habt die zwölfte Schatztruhe gefunden! Damit hatten wir schon fast nicht mehr gerechnet.«

»Die zwölfte Schatztruhe?«, fragt Anne verdutzt. »Was soll das denn heißen?«

»Dass die anderen elf Schatztruhen schon gefunden wurden«, erklärt die Frau, nimmt den Hörer ihres Telefons ab und wählt eine Nummer. »Hallo, Maik, ich bin's. Kommst du mal eben? Die letzte Schatztruhe ist gefunden worden. Ja, von zwei kleinen Mädchen.«

»Kleine Mädchen!«, murmelt Britt und blitzt die Frau wütend an. »So eine Unverschämtheit!«

Kurze Zeit später biegt ein Mann um die Ecke und kommt strahlend auf Anne und Britt zu.

»Hallo, ich bin Maik. Und ihr seid also die zwei erfolgreichen Schatzsucherinnen«, sagt er und schüttelt ihnen ausgiebig die Hände. »Herzlichen Glückwunsch! Toll, dass ihr die letzte Truhe gefunden habt. Ich glaube, ihr seid mit Abstand die jüngsten Teilnehmer unserer Aktion.«

»Aktion? Was für eine Aktion?«, fragt Britt und zieht schnell ihre Hand aus Maiks Griff. »Und warum verteilen Sie überhaupt gefälschte Schatzkarten, wenn es gar keinen richtigen Schatz gibt? Das ist Betrug!«

Maik sieht Britt verständnislos an. »Betrug? Nein, nein, das Ganze ist eine Werbeaktion unseres Radiosenders: *Die große Sylter Schatzsuche!* Haben wir dieses Jahr zum ersten Mal veranstaltet, hat aber gleich eingeschlagen wie eine Bombe. Ganz Sylt war drei

Wochen lang im Schatzfieber. Habt ihr denn gar nichts davon mitbekommen? Wir haben in letzter Zeit doch ständig darüber berichtet. Es stand sogar in der Zeitung.«

»Wir kommen nicht von der Insel«, sagt Anne. »Wir sind hier bloß auf Klassenfahrt.«

»Ach so«, sagt Maik und lacht. »Dann ist es natürlich kein Wunder, dass ihr etwas verwirrt sein. Also, ich erklär's euch. Wir sind hier eine kleine, lokale Radiostation, die *Westerländer Welle*. Und die Schatzsuche haben wir als Werbeaktion für unseren Sender und für die Insel Sylt veranstaltet. Wir haben zwölf Flaschen mit Schatzkarten auf der ganzen Insel verteilt und die Leute zur großen Schatzsuche aufgerufen. Und jetzt sind tatsächlich alle Flaschen und alle Schatztruhen gefunden worden, eure war die letzte. Deshalb sind die Hauptgewinne auch leider schon weg. Die beiden schnellsten Schatzsucher haben ein Fahrrad gewonnen, dann hatten wir noch hochwertige Buchpakete, Kinogutscheine und Freikarten fürs Wellenbad als Preise.«

»Soll das etwa heißen, dass wir gar nichts gewonnen haben?«, fragt Britt enttäuscht.

»Nein, natürlich nicht«, versichert Maik schnell.

»Ihr habt jede ein supertolles *Westerländer Welle*-Überraschungspaket gewonnen. Das gefällt euch garantiert: ein T-Shirt, eine Tasse und ein Kugelschreiber von eurem Lieblingssender, der *Westerländer Welle*!«

»Lieblingssender?«, sagt Anne und rümpft die Nase. »Ich kenne Ihren Sender doch gar nicht. Und ehrlich gesagt finde ich es auch ziemlich gemein von Ihnen, Schatzkarten zu fälschen und die Leute an der Nase herumzuführen.«

Britt nickt. »Ich auch. Ich dachte, wir finden einen echten Piratenschatz! Wir sind extra nachts an den Strand gegangen und haben die Kiste ausgegraben. Mann, das war ganz schön unheimlich. Und jetzt gibt's gar keinen Schatz, sondern bloß einen blöden Kugelschreiber. Toll!«

Maik kratzt sich am Kopf. »Ihr seid richtig sauer, was?«, fragt er. »Na ja, kann ich irgendwie auch verstehen. Gegen einen echten Piratenschatz ist unser Überraschungspaket wirklich eine herbe Enttäuschung. Was können wir denn da machen?« Er sieht Anne und Britt nachdenklich an. »Hm, ich hab da vielleicht eine Idee … Ja, doch, das könnte gehen. Sagt mal, was haltet ihr davon, wenn ihr mir ein kleines Interview gebt? Ihr könntet erzählen, wie ihr die Flaschenpost gefunden habt und ob ihr euch nachts am Strand gefürchtet habt. Das wird bestimmt klasse! Dann seid ihr richtig im Radio und alle Leute können euch hören. Na, was haltet ihr davon? Wäre das eine angemessene Entschädigung für das kleine Missverständnis mit der Schatzkarte?«

Anne schaut Britt an. Britts Augen leuchten und Anne weiß, dass sie dasselbe denkt wie sie. Ein echtes Radiointerview! Das wäre natürlich absolut spitzenmäßig. Außerdem kommt Anne gerade eine super Idee, wie sie das Interview noch für etwas anderes nutzen könnten …

»Wir sind dabei«, sagt Anne. »Stimmt's Britt?«

Britt nickt. »Und ob!«

»Prima«, sagt Maik. »Dann kommt mal mit.«

Beim Abendessen herrscht Hochstimmung im Speisesaal. Alle freuen sich auf den Abschiedsabend. Frau Schulte hat versprochen, dass sie ganz viele Spiele machen, und Olaf will am Schluss sogar eine Kinderdisco veranstalten. Die drei T grölen wie üblich am lautesten, aber wenigstens schmeißen sie diesmal nicht mit Essen um sich. Olaf erzählt einen Witz nach dem anderen und Natascha und Sabine liegen fast auf dem Boden vor Lachen.

Um kurz vor halb sieben stößt Anne Britt an und flüstert: »Los, gleich ist es so weit!«

Britt schlendert unauffällig zu dem Radio hinüber, das auf der Durchreiche zur Küche steht und leise vor sich hin dudelt. Noch wird Musik gespielt. Da! Jetzt ertönt Maiks Stimme. Schnell dreht Britt das Radio auf volle Lautstärke und Anne ruft: »He, seid mal alle still!«

Als die Stimmen von Anne und Britt aus dem Radio dröhnen, halten sogar die drei T ausnahmsweise mal ihre Quasselklappen und die ganze 4b lauscht gebannt dem Interview auf der *Westerländer Welle*. Erst erzählen Anne und Britt, wie sie die Flaschenpost gefunden und sich auf die Suche nach dem Schatz gemacht haben. Dann kommt der große Moment.

MAIK: »Ja, zum Schluss noch mal herzlichen Glückwunsch an euch beide. Toll, dass ihr den Schatz gefunden habt – auch wenn es kein echter Piratenschatz war! Möchtet ihr vielleicht noch jemanden grüßen?«

ANNE: »Ja, ich möchte Paul aus Hörnum grüßen und ihm Folgendes mitteilen: Paul, du bist der größte Blödmann von ganz Sylt. Glaub bloß nicht, dass ich heute Abend am Strand aufkreuze, du bist nämlich ab sofort für mich gestorben.«

BRITT: »Für mich auch. Und deine bescheuerten Briefe kannst du dir an den Hut stecken! Ende der Durchsage.«

ANNE: »Ach ja, und dann grüßen wir noch Frau

Schulte, unsere Klassenlehrerin, Olaf, unseren Praktikanten, und natürlich die ganze 4b!«

Der letzte Satz von Maik geht im allgemeinen Tumult unter. Diesmal grölen nicht nur die drei T, sondern die gesamte 4b klatscht, schreit und pfeift wie verrückt, sodass sich Frau Schulte schließlich lachend die Ohren zuhält. Anne ist ziemlich erleichtert, dass ihre Klassenlehrerin wegen der Schatzsuche und dem Interview offenbar nicht allzu sauer ist.

»Auf geht's zur großen Abschiedsparty!«, ruft Olaf und alle stürmen los in Richtung Tagesraum.

»Mann, bin ich müde«, sagt Britt am nächsten Morgen, als sich die 4b auf dem Hof versammelt, um auf den Bus zum Bahnhof zu warten. »Aber der Abschiedsabend war klasse, oder?«

Anne nickt und muss gleichzeitig furchtbar gähnen. »Sag mal, hast du eigentlich Paul gestern noch gesehen?«, fragt sie dann.

Britt schüttelt den Kopf. »Nö, zum Glück nicht.«

»Ich hab zufällig mitbekommen, wie er gestern nach eurem Interview aus der Küche gerannt ist«, sagt Maria, die neben den beiden steht. »Er sah ganz schön fertig aus.«

»Das wäre ich an seiner Stelle auch gewesen«, sagt Britt. »Der muss sich in der nächsten Zeit bestimmt einige dumme Sprüche anhören.«

Anne macht ein nachdenkliches Gesicht. »Meinst du, das mit dem Interview war zu gemein?«

»Auf keinen Fall«, sagt Britt. »Hat er sich schließlich selbst eingebrockt.«

»Finde ich auch«, mischt sich Carola ein, obwohl sie gar nicht richtig weiß, worum es geht. »Geschieht ihm ganz recht. Jungs sind eben einfach blöd.«

»Da hinten ist er ja!«, zischt Anne plötzlich und stößt Britt an.

»Uns bleibt aber auch nichts erspart«, murmelt Britt. »Will der uns jetzt etwa noch schnell die Meinung sagen, bevor wir wegfahren?«

Paul kommt tatsächlich direkt auf sie zu. Maria und Carola bauen sich rechts und links neben Anne und Britt auf und alle vier sehen Paul grimmig entgegen.

»Was willst du?«, fragt Britt angriffslustig, als Paul vor ihnen steht.

Paul wird rot und betrachtet ausgiebig seine dreckigen Turnschuhe. »Na ja … ich wollte nur … also, ihr fahrt ja gleich weg, deshalb wollte ich euch

bloß noch schnell sagen, dass … es mir Leid tut. Das mit den Briefen und so. War echt blöd von mir.«

Anne und Britt sehen sich überrascht an.

»Und warum hast du es dann gemacht?«, fragt Anne.

Pauls Gesicht wird jetzt so rot, dass seine Sommersprossen kaum noch zu erkennen sind. »Na ja … weil ich euch wirklich beide super finde. Dich *und* Britt. Ich konnte mich einfach nicht entscheiden, wen ich lieber mag.«

Anne merkt, wie sie ebenfalls ein bisschen rot wird.

»Kann ich irgendwie verstehen«, sagt Britt und grinst. »Ich find uns auch beide ziemlich klasse.«

Paul kramt in seiner Jackentasche und holt zwei große Muscheln heraus.

»Hier, die sind für euch. Als Erinnerung an Sylt. Hab ich gestern Abend am Strand für euch gesammelt.« Er drückt Anne und Britt die Muscheln in die Hand.

»Also, tschüss und gute Reise.«

Dann rennt er weg und ist hinter dem Hauptgebäude verschwunden, bevor Anne und Britt noch etwas sagen können.

Anne betrachtet versonnen ihre Muschel. »Eigentlich ist Paul ja doch ganz nett …«

Britt nickt. »Echt süß von ihm, dass er extra Muscheln für uns gesammelt hat.«

Anne und Britt sehen sich an und lächeln verzückt.

»Ihr hört euch an wie Natascha und Sabine«, sagt Maria und kichert. »Mannomann, euch hat's echt ganz schön erwischt.«

»Und was ist mit unserem Schwur?«, fragt Carola

und stützt die Hände in die Hüften. »Ich dachte, wir wollten niemals einen Jungen anhimmeln!«

»Wir himmeln ja auch niemanden an«, sagt Britt würdevoll. »Wir *lassen* uns anhimmeln.«

»Genau«, sagt Anne und grinst. »Das ist ein kleiner, aber feiner Unterschied.«

Der Bus fährt vor und Anne blickt ein letztes Mal zur Jugendherberge und zu den Dünen hinüber. Eigentlich schade, dass die Klassenfahrt schon zu Ende ist.

Aber als Anne in den Bus steigt, merkt sie, dass sie sich plötzlich furchtbar auf zu Hause freut. Auf Mama, Papa – und sogar auf Ben. Anne hat beschlossen, ihm das *Westerländer Welle*-T-Shirt zu schenken, auch wenn er da erst noch reinwachsen muss. Ein echtes Radio-T-Shirt findet er bestimmt total cool.

Anne kann es kaum erwarten, ihren Eltern und Ben alles zu erzählen: von der Flaschenpost, der Schatzsuche und dem Radiointerview. Bloß von der Sache mit Paul erzählt sie ihnen lieber nichts, das geht nur sie und Britt etwas an.

Anne lässt sich neben Britt auf einen Sitz fallen. Die Bustüren schließen sich und der Bus fährt los.

»Mann, das war echt eine spitzenmäßige Woche«, sagt Britt.

Anne nickt. »Das kannst du laut sagen.«

Dann greift sie in ihre Jackentasche und steckt sich zufrieden eine Lakritzschnecke in den Mund.

LESE RATTEN

Vorhang auf für
Anne, Britt und die 4b!

Die Klasse 4b will beim Schulfest ein Theaterstück aufführen. Anne und Britt möchten unbedingt Hauptrollen spielen, doch beim Vorsprechen ist nur Britt erfolgreich. Klar, dass die Freundinnen sich deshalb in die Haare kriegen! Doch dann geschehen merkwürdige Dinge: Ein Kostüm verschwindet, der Strom fällt aus und anderes mehr. Diese Vorfälle können die beiden nur gemeinsam aufklären!

Der erste Band der Schul- und Freundschaftsgeschichten aus der 4b!

Maja von Vogel
Chaos in der 4b
Einband und farbige Illustrationen
von Edda Skibbe
Ab 8 Jahren · Geb. · 96 Seiten
ISBN 3-7817-2414-X

Weitere Informationen unter:
www.klopp.biz

KLOPP